万物宁静

张琳 著

第37届青春诗会诗丛

《诗刊》社 编

长江出版传媒

长江文艺出版社

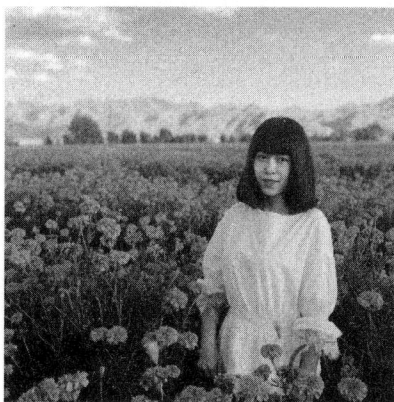

张 琳

1989年生于山西。山西文学院签约作家，出版诗集《纸蝴蝶》《人间这么美》。

目　录

不可描述的事物　001

野草颂　002

诗歌就是生活　003

林中树　004

落叶赋　005

泪水赋　006

孤独者说　007

池塘颂　008

偏爱：致特蕾莎修女　010

大意如此　011

立此借据　012

鱼尾纹　013

我为什么歌唱青草　014

我与一面镜子的关系　015

地球是一盏小小的灯　016

在夕照寺　017

祈祷词　018

此时　019

废墟颂　020

恍惚之间　021

022　吴哥窟的美学

023　虚幻，或者叫七头那伽

024　艺术的纹理

025　古塔颂

026　吴哥窟

027　巴扬寺的日出

028　乱石颂

029　意外所获

030　总有一天，是摸不着的

031　菩萨顶

032　雪花开了

033　故事里的事

034　正在沉默中

035　雪落华严寺

036　掷硬币的女孩

037　关于苗寨梯田

038　在河边

039　无邪

040　今日之光

041　停电之后

042　瞬间

043　星空不可说

044　白头翁

045　看流水

046　宋代古城墙

小时光 047

一日三省 048

绕口令 049

观日出 050

祖父说 051

遗迹 052

我可以证明它们美丽过 053

疼…… 054

静夜书 055

对酒当歌 056

麦田里的稻草人 058

白色遮阳帽 059

不安之际 061

献给怒发冲冠者 062

写下…… 063

我看的书已经有很多人看过了 064

听觉测试 065

新生 066

我问过堂吉诃德 067

山行 068

晋韶 069

为一只旧表而作 075

早上醒来 076

这些春天的草 077

又一次走在这条林中小路上 078

079 饲虎者

080 谁的眼睛不会流泪

081 有时我会驻足一间花店

082 五行，阳台偶得

083 两茎灯草

084 某个春天的上午

085 蝶恋花

086 在山西观月不语

087 我和母亲

088 处处闻啼鸟

089 一个偶然得来的比喻句

090 春天，一只蜜蜂向我飞来

091 雪后祈祷文

092 对方正在通话中

093 水边的雅歌

094 去海云台

095 在故乡

096 白云赋

097 赠李白

098 看一部古装剧

099 我从阅读中抬起头来

100 在某个夜晚散步

101 镜中

102 在博物馆

103 画梅

庚子帖　104

愿你在清晨看见时光的脸　109

在一无所有的空中画上翅膀　110

一定是　111

星空下　112

秋风中　113

洪山禅寺　114

对杜牧说　115

一所废弃的院落里开着小花　116

珍重，岁月　117

夜宿西塘　118

在西塘，我说水……　119

山水课　120

有一朵云路过邻居家的果园　122

跟着滹沱河走了一个上午　123

田野上的一株牵牛花　124

感谢孟东野　125

夜读阿赫玛托娃　126

秀山沙滩的谜题　127

花开的念头　128

火车在晚上经过外省　129

在晋北的小城　130

三个月前的某个清晨　131

我爱过的事物少之又少　133

戊戌五月初八夜记梦　135

不可描述的事物

想想那些
孤悬天际的星辰
该是多么孤独啊

孤独的，就像人世上
最后的泪水
舍不得
流下来

尽管如此，并不能阻止我
渴望成为
其中的一颗……

野草颂

今天，我又驱车十几里
去看了那片草地

今天，我的快乐和悲伤
一样多

我又看见了那些野草
我基本看清了

每一棵草的下面
都有一个亡灵

我认定是它们……
合力将尘世托出了大地

诗歌就是生活

这话是美国诗人
沃伦说的
他已死于 1989 年 9 月 15 日
我出生后的第五个月。

我读到这个高鼻梁的美国人
写他去泉边
提水，他写到了傍晚的鸟叫

我突然感觉到一种饥饿
就像我刚刚出生的时候
渴望含住
母亲的乳头。

林中树

有一些，比我高；有一些，比我矮。
这并不妨碍我们
站在一起

眺望远山。
看看那些
我们一直想移居的地方。

落叶赋

厚厚的一层落叶，铺在路上。
清晨的光
铺在落叶上。

我一边缓缓走着，一边思考人生和生活。
二者，哪一个
我都不会践踏。

泪水赋

听老聃的：水有七善
有泪就流到心上
听孔子的：水有五德
有泪
就流到世上

谁也不要
替我擦掉，我欠它们
太多
我已学会如何善待自己
但我还没有学会
如何让泪开花

孤独者说

天空好高啊，望一眼远远不能抵达。
我在空地上
抓一把金灿灿的谷米喂鸽子

它们落下来的样子
仿佛耶稣造访。

我喜欢"布道者"这个词语
每日小心翼翼地
擦拭着那些室内的陈设——

我总是想方设法重现
那些微弱的光芒……

池塘颂

惦记老家的那个池塘
惦记那水里养的一万朵云

水，从来不会变
多少年过去了
还是那么清纯那么干净

但，云是会变的
这一会儿是祖父
再一会儿，可能就是祖母

那就各安其命吧
水有水命
尘世间的路，有土命

而我，在城市的高楼上
有偶尔的水土不服

但，幸运的是
最美的事物

一直长在心头……梦里的乡村

有无边的光景

池塘边的青草

会偷偷地

送来一股神奇的力量

偏爱：致特蕾莎修女

我们低着头
清点你的遗物

——一张耶稣受难图
——一双凉鞋，三件旧衣服

再没有了，你的一生
已经给了那些饥饿的人

那些无家可归的人
在麻风病人和街头的乞丐中间

你的眼神
已被春天继承

如果人世真的有过喜悦
那一定是一个人

在自己的身体里
清点到了一颗暖洋洋的心

大意如此

有些东西，生来就是大的，比如大海
有些东西，至死也是小的，比如小草

还有一些东西
我认识她时就老了，比如老家

我，正慢慢经历着
从小到大，再渐渐衰老的过程

——我的一生
就像一棵小草，面对大海，如临故乡

立此借据

今借到——

蝴蝶一只
月亮一枚
人行道两条
爱恨各半
汉字若干
另有：盘中餐、杯中酒、雾中花
梦里的故乡
琴弦上的高山和流水

借用期：一生
来生偿还
谨以这目中之光作为抵押

鱼尾纹

岁月，请跟我来。
这里是我的厅堂
这里是我的厨房
这里，是我的卧室……

我总是在梦中
抱海而眠，醒来，唯有鱼尾的痕迹。

生活的面目
已越来越清晰了
一张漏洞百出的渔网中
我，就是那条夺路而逃的鱼。

我为什么歌唱青草

理由很简单：我爱它们

在荒野上

默默度过青黄相接的一生。

不向左，不向右

它们只向上生长着，根在哪儿

它们就活在哪儿。

永远比风低一截

让光有叶可依

永远活在泥土中，埋住的只是草籽

无法埋没的

是青草毫不潦草的一生

有名无姓的一生。

有一次

我在深夜写诗，突然想起

我为什么歌唱青草

为什么像青草一样

眼角挂着晶莹的露珠？

想不明白，是一种折磨

想清楚了

是另一种转辗难眠……

我与一面镜子的关系

要么深居
要么简出
从此不再问：我从哪里来
要到哪里去

对于一首诗而言
我，永远是一个幻象
没有一个故乡属于我
也没有一个异乡，属于我

母亲的子宫
是唯一一个
真心收留过我的地方
但我，早已回不去了

地球是一盏小小的灯

看一幅照片——
从太空拍摄到的地球
只是一盏小小的灯
那么微弱
那么孤独
仿佛寺庙里
一盏祈福的酥油灯
正不知疲倦地燃烧着

想到我
我的朋友、我的亲人
我的同道者
我的陌路人
都在其中
不计后果地燃烧着

我忽然流下泪水
似乎，一个小沙弥
正虔诚地
往灯里添油

在夕照寺

诗人安同选说:我的孤独有这么大……
他用手比画了一颗足球
还是一只气球?

我没有注意到。
稍后,他用手指向寺庙的背后时
我看到了

一座海拔一千多米的山峰
举着红彤彤的夕阳
正准备放下……

祈祷词

女娲啊，请你现身——
请你再来补天：

我的昨天已是漏鱼之网

我的今天，正在向生活低头
女娲啊
请你补救一下

我想要的明天，不怕打满补丁
只是要完整无缺
不要遗漏一颗星辰

此　时

李子树下

埋着亚里士多德。

桃树下，埋着柏拉图，苏格拉底埋得更远更深。

猜一猜，是谁说："吾爱吾师，吾更爱真理。"

我一直把生活当成老师。

我把自己

埋在深深的生活里。

废墟颂

那正在消失的……是什么？
荣格说：美。

吴哥窟却说："我要的是完美。"

这是不是一种近乎绝望的美学？
我只需侧身
就可以
穿过
吴哥窟的前世与今生。

而尘世辽阔，还可以放得下
更多的
废墟……

恍惚之间

世界简单到极致，就剩下一张无与伦比的笑脸
剩下：慈，悲，喜，舍。

吴哥窟的美学

吴哥窟的美学，只有微笑
可以注释。

中国人周达观早已来过这儿
他写下：人家养女，其父母必祝之曰
愿汝有人要，将来嫁千百个丈夫。

我接着写下：生千万个孩子
愿他们健康成人，有寸土收留。

虚幻，或者叫七头那伽

那伽的塑像，像一滴露珠
拒绝成为泪珠。
古老的榕树
伸出巨大的根须
牢牢地抓住了
络绎不绝的光线。

我，并非吴哥窟的过客
吴哥窟
才是我的过客。

艺术的纹理

世上的黑暗多不胜数
艺术，总是为此而来。

我记起一个智利诗人
"好像一条埋葬猛虎的河"

这时候，石头里的灯，都亮了。
有人从巴甘下来

是什么理由，让这些石头
甘愿献身吴哥窟？

是在什么时候，布罗茨基坦然回答——
我的身份：诗人。

他的微笑，等于石头的微笑
我朝着落日的背影深深鞠躬……

古塔颂

一个人
在庙宇里，听到的
不会比一滴泪在眼眶里
听到的少

也不会比一粒尘埃在菩提树下
听到的多，我朝向自己
像一座古塔
朝向天空。

那些迷人的飞天舞者
正从吴哥窟的墙壁上走下来——

请告诉我，什么是美
什么是美不胜收
除去象征的意义
这儿，将不再有任何意义。

也许，这正合我意。
我写诗，犹如造塔
我登塔，犹如降生。

吴哥窟

悲伤不会有用尽的一天
微笑不会有
穷尽的一天。仿佛时间的两面
翻过来，折过去。
请看这些石像——
是不是
老子的微笑，庄子的微笑
是不是佛陀的微笑
耶稣的微笑。
请看，一块石头的开花
会耗去多少时间
请看那些镶嵌在钟表里的微笑
会发出恍如隔世的回音。
请看万里浮云
已做了送信人
从扶南、真腊、吴哥到柬埔寨
从一世纪到二十一世纪
不喊累，不喊疼
一张笑脸
就足以让真理露出真容……

巴扬寺的日出

一个年轻的僧侣
静坐在光线中。

从巨石浮雕上读到印度史诗
廊道内
突然明亮了许多。

塔高寺的朴素
正是美
回到了开始的地方……

乱石颂

昔日，是哪一日？
崩密列
就像衰老的母亲。

而健美的光线
仿佛一群温顺的女儿，承欢膝下。

光影斑驳
落在废墟上——
像无家可归的人，坐在梦里。

这时候，如果我是浪花
整个人间就是大海。

意外所获

在山上宿营
当我们把桶里取来的水喝光
突然发现
刚刚养大的月亮不见了
它在我的身体里
静静地发光
那光芒，比天上的月亮
吐出的还要多
还要亮
无数的光线在我的身体里
汹涌着，澎湃着
直到从我的眼睛里
飞溅出来
仿佛从未出世的河流

总有一天，是摸不着的

他们看花的时候，我在看石头。
他们看一座塔
我独自进入塔身。

我们一直就有
格格不入的审美倾向。

有一天，我们来到一处土崖边
我猛然跳了起来，有人
一把拉住我：小心！

我懂了。
他们担心崖的深度，我担心的是天
够不够高。

菩萨顶

一直以为
那些匍匐在台阶上的信徒
正在为我暗中打探
前往天堂的路径。

一直以为
他们深深低下的头
慢慢弯下的膝盖
渐渐伸开的手，都是在替我赎回
对旧日的不恭
对神灵的失敬。

一直以为呵
我高高抬起的目光
只是为了替他们守着
那片救命的辽阔。

雪花开了

雪花开了，一边开
一边落。
雪花开了，我才知道天上也有春天。

雪花一直开
一直往下落。
地上，有五六寸厚的雪花
抱着相互取暖。

我知道，它们不久就会消融
不久，它们就会
像从来没有来过地上一样。

故事里的事

和尚、雨伞、枷。
听这个故事的时候，我才五六岁。

一晃二十多年过去了
最近突然有个习惯，每天睡觉前
我都会清点一下：头，胳膊，腿，脚，手，完毕。

数到第三次的时候
我流泪了。

正在沉默中

记得贝克特
说过的三件事：无法说话、无法沉默和孤独。

我热衷于其中的任何一件
但哪一件，都做不好。

我想说的话
都与沉默和孤独有关。

我一直用沉默，来说出孤独
反过来，也行。

雪落华严寺

雪落向普光明殿，落向大雄宝殿
落向薄伽教藏殿
落向华严宝塔

落向我。
1122 年的兵火，1648 年的战火
早已熄灭。
这场春雪
另有目的。

"慈悲之华终将结出庄严之果。"
懂，与不懂
我都将坦然接受
一场雪的教化。
我在寺中
站定，像一棵纯净的幼松。

掷硬币的女孩

很多年前，我还是那个掷硬币的女孩。
在小县城的人行道上
高高地抛起，然后猜它的正面和反面。

我以为自己已经想得很清楚了
这就是命运，我以为自己已经看清了
这就是真相。

事实上
我错了。
我以为那个女孩就是我
我以为很多年前就是很多年前。

我真的错了。
坐在入秋后的小河边
我趁着天黑
一遍，又一遍，洗自己的错。

关于苗寨梯田

一个朋友，去过一次驯乐苗寨梯田
对我说：苗族人
就是从那里找到了自己的天堂。

而我一直认为，那是云贵高原上的琴弦
谁听到那行云流水的演奏
都会忘了身在何方。

在河边

有些东西，一生都学不会
就像河水两岸
那些低矮的黄连草——

风一吹就开花
风一直吹
就活成了一味良药

味苦
性寒
归心……

无　邪

上午去湖边放生。

有五六个人，手里拿着乌龟、螃蟹、鲫鱼、刺猬、鸽
　子……

唯独我

两手空空

下意识地抓紧了自己的身体……

今日之光

这光芒……
何止万丈

多少年了，我每天走在上面
去上班
去赴会
去踏青

竟然没有磨损掉
一丝一毫

它们新鲜如初的模样
加速着我的衰老……

停电之后

突然，烛火跳动了一下
又一下，剧烈……

不能继续下去了，再这样
蜡烛的心
就要从蜡烛里跳出来

我接受了它的光
不能再接受

它的心
母亲曾替我发誓
这辈子，决不贪心——

瞬 间

就是——
一只鸟儿离开枝头，枝条仍在颤动
就是一粒石子沉入水底
水面还在荡漾

——就是我
刚刚写完一首诗
尚未回到生活中去

星空不可说

没有一粒沙是多余的，少一粒就不叫撒哈拉沙漠。
没有一滴眼泪是多余的

少一滴
就不叫而立之年的张琳。

星空不可说，你说了
它就不再是原来的星空……

白头翁

多年生草本，别名奈何草、白头草、猫爪子……
就像正在院子里晒太阳的外公。

雀形目留鸟，又名白头鸭、白头壳仔
就像正在院子里晒太阳的外婆。

两个白头翁，入药，治愈我的孤独症
入心，像白发苍苍的故乡……

看流水

我是个素食主义者，喜欢水草、浪花
不喜欢
投河者。

但你是个例外。
我等你
以投河的方式来爱我

我的河
辽阔，而狭窄。

宋代古城墙

想起几个宋朝的诗人，和我一样
也是在这样的春天
心生遗憾

我们都不能
像那几朵白云一样，闲，静
不能

像那些春草
活在石缝中
被又一年的新绿，重新染了一遍。

小时光

雪落了一夜。
我们沉浸在梦中，一无所知

仿佛爱情
被人们用了那么久

而我们每一次拥抱、亲吻
都像是人类

第一次相爱。

一日三省

兰花开了，荷花开了，菊花开了，雪花开了
……见过世上的花
都已开成了自己的样子

我就急。
花神啊，请你保佑我
不要开成兰花、荷花、菊花、雪花……

请让我
开成水中花开成镜中花
花非花……

绕口令

这些年，见了很多的河很多的山
这些年，越来越觉得

所有的河，都是同一条河
所有的山
都是同一座山。

我这样说
并非只是为了证明
我爱着身边的山身边的河

就等于爱着天下的河流
天下的山峰……

观日出

我住的小区东面，是一个菜市场
再往东，是耗资巨大的天涯山公园

我经常坐在阳台上
看人海
从清晨涌入菜市场
从黄昏再慢慢流出去

但我不是为了看海
我只想看看天涯山上的日出

祖父说

石磨不认人，只认小毛驴
小毛驴不认石磨
只认一块粗布

蒙上眼睛
小毛驴就一直走
石磨就一直转

说这话的祖父已不在人世
他的一生
就像小毛驴
拉着一盘石磨，他的眼睛
一直蒙着
一块碗口大的粗布

遗　迹

一座小小的观音庙
已经从崞阳镇白村消失了。
不过，偶尔还有人
趁夜过来焚香，跪拜……

那是一片不大的空地
有些荒草
偶尔会在雨后长出地面

像一些绿茵茵的烛火
在风中
轻轻摇曳着……

我可以证明它们美丽过

是的，我可以证明
今晨有一朵花
开过了

是的，我可以证明
今天中午有一阵清风
来过了

是的，我可以证明
今晚所有的星辰
都闪烁过了

活着，只是为了做好一个证人
理直气壮地
站在山西省原平市

第十小学的一间教室里
是的，我可以证明
这些孩子的眼中，有稍纵即逝的美

疼……

母亲
从来不会喊疼。

头疼的时候
腰疼的时候
腿疼的时候

只是仰起头，微微笑着，仿佛她
从来不懂疼为何物。

姥姥住院那天，母亲突然在走廊里蹲了下去。
母女连心
姥姥的宿疾，似乎一下子转移到了母亲的身上

一个在病室里捂着胃部
一个在病室外捂着心口

但她们都没有喊疼，只有我
在心里，压低声音
喊了一声……

静夜书

在外省想起母亲
母亲就成了满屋子的灯光
抱着我
在房间里走来走去。

仿佛母爱之大
母爱之重
让我瞬间变小了，变轻了。

这样的情形，在家乡
也有过几次。
我记得，后来就那样睡着了。

在梦里，我将母亲重新看成了一把古琴
我轻轻弹
她轻轻发出声音

所有的大河、小溪
都不会发出那样的声音，所有的岁月
都不会忘掉
那样的琴声……

对酒当歌

喝醉的时候，我总是假装醒着
把心底唯一的银灯
端出来
一意孤行，放进众人的眼睛里。
醒着的时候
我又常常装醉
发誓要在泪水里提炼出精盐。

我不能像曹操，挟春天以令花开
我不能像李白
爱情呼来不上船。
我只能学花木兰
马上驰骋，马上喝酒
马上恋爱，马上离别。
醉了的时候，我将马儿当作时光
疯跑一夜
其实只是将卧室当成了草原。
醒着的时候
我将时光当成了马
双手一勒缰绳

什么欢乐，什么痛苦
都是一跃而过时深深的悬崖。

麦田里的稻草人

昨天，我又孤身一人
站在郊外的麦田里，看一只白脸喜鹊
飞过去了，看三只年幼的灰雀
飞过去了

它们没有一只落在镀金的麦田里
它们似乎早已看出我
是一个假冒的稻草人。

多么沮丧，我摘下麦秸编成的帽子
站在风中，就在前一天
我还看见有两只飞鸟
落在稻草人身上，愉快地交谈。

唉，恐怕一辈子
我也听不懂
它们关于生活的对话
一辈子
都不会轻易获得麦秸的一颗空心。

白色遮阳帽

这是一幅油画的名字。
画中那个坐在白色椅子上的妙龄女郎
是虚构的。

画下她的人，活了 82 岁
她的一生
还留下一幅自画像

——但没有人能够从中看出她
8 岁成为孤儿
14 岁被舅舅卖入怡春院
17 岁与人为妾……

她的一生，仿佛从 26 岁才刚刚开始。
那时，她在法兰西的草地上
完成了这幅《白色遮阳帽》。
她知道画中人

已永远活在了 26cm×34cm 的画布里
从此低头不语，从此与世无争。
她知道自己

还活在一个叫潘玉良的名字里

还不能消除
人世间由来已久的敌意……

不安之际

去年冬天，在三亚
我独自站在大海边
向消逝的时光脱帽致敬——

鞠躬，向那些我一生都到不了的地方
再鞠躬，向那些永远都不会与我和解的生活
对不起啊

我生来就笨嘴拙舌
经常将人生说成人世，将羞怯说成羞愧……
请接受我

三鞠躬，向身体里已经逝去的那些不安
它们，有些，是我的
但更多的，是我们的……

献给怒发冲冠者

我就是
那花白的怒发。
我的一生
拒绝被剪短，拒绝被拔光……
我的一生
一定要活到足够长
足够白，我要用这白纠正那黑
我要取自己的长
补人世的短。
我愿意奋不顾身
将千钧系于一发……
我愿意
将一生的赞美献给
那位怒发冲冠的人。

写下……

写下黄河，写下尼罗河，写下密西西比河……
让这些蚂蚁们
认识一下眼前的惊涛骇浪。

告诉它们
生活中的大风大浪，并不可怕。
你看，有一只蚂蚁

已经爬过去了
你看，有一群蚂蚁
已经爬过去了……

可是，我还是不能
将天下的河流都写出来
总有一些风浪，是看不见的……

我看的书已经有很多人看过了

栀子花在吐香
我在看书。他们告诉我
很久以前
他们就看过这本书了，什么人物
什么主题
什么结构，我在微信上
回复他们的信息：你们看到的
我始终没有看到，也许
我们看的不是同一本书，只是
书名重合
作者重合
纯属巧合。

听觉测试

公园里
听鸟叫。
费了九牛二虎之力，也没有听懂一句。

但我听懂了另外的声音。
先是一个女人
深谙世事的哭，后来是一个孩子
不谙世事的哭。

两种声音越过鸟鸣声
传来，很快
有另一种声音越过了它们。

我不知道
那是什么声音，生活中
从来就缺少知音。

新　生

晨光如期而至。

我略略放下心来，如常洗漱、化妆、出门。

遇见泡桐

还是老样子，遇见围墙

还是老样子。

一直走下去，看见单位的大门

还是老样子，看见同事签到的笔迹

还是老样子。我终于放下心来

在不安还没有

来临之际

我独自庆贺着这崭新的一天。

我问过堂吉诃德

将大风车拆开，拆成大、风、车。
如何逐个击破？

他的回答
又让三个字变成了一个词。

我写诗，反对组装的词汇
我让它们自愿组合在一起。

山 行

野草众多，认识的不多。
树木参天
良莠不齐。
能不能让我做一棵草
你不认识的那种。
能不能让我做一棵树
你用它制作一只琴盒
里面可盛素琴。

晋 韶

黄河之水天上来
——李白

1

她像祖母一样：碧绿，清澈
远远看着我
一个初出茅庐的年轻人
在老牛湾，看见了来自青海的黄河

两个相见恨晚的女人
一个古老，一个刚满三十岁。
她问我：你是谁？来自哪里？

我把咫尺之外的天空指给她看
一个行脚的僧人
来到了寺沟，他抱了抱参天的古柏
抱不住，他看了看斑驳的古碑
一通刻着道光，一通刻着咸丰。

庙已荒废，行脚僧"扑通"跪在草丛里
再也没有起来，有人看见一袭僧袍
像黄河水一样，在天地间起伏着……

2

桃花开后，娘娘滩
有一张绯红的脸。

四面都是水啊，娘娘滩不是一个岛
更像一艘船，我装作艄公的样子，但一点不像。
一只鸟，从东飞到西，是八百米
一朵云，从南飞到北，是五百米

有多少人，出生在这里
有多少人，埋葬在这里？

黄河，低着头远去，落日在海棠树上
仿佛一颗看惯了沧桑的海棠果。

3

有些河流
是泪水流成的。

入石经禅院，看见非空非色的如来

猛然懂了黄河的来意，懂了去者的去意。

几百年前，一个以曲留名的人

名白朴，字太素，号兰谷

八十一岁那年，他重游扬州后不知所踪

如今，他已活成了一座白朴塔

不再写《梧桐雨》，不再写《流红叶》

他已经懂得了无言

即千言；无语，即万语……

4

画家吴冠中说：李家山

从外部看像一座荒凉的汉墓

一进去……像与世隔绝的桃花源。

他说的，是人世间的生死相依。

就像黄河……与碛口；就像河道中的暗礁与激流。

我来得晚了，星辰挂在黄土梁上

时光正在倒流——

我在渡口，等自己的男人回来

怀里抱着刚刚入睡的婴儿。

生活就是这样，永远有等待的眼睛

永远有不愿醒来的美梦。

这些安静的窑洞里，有过多少离别与重逢？

今晚的月亮很圆，像一滴露珠
黄河，是另一滴露珠。

5

黄河在吕梁山西麓
想画一个句号，却穿过针眼又流向远方。

1956 年，一只鸮卣
在石楼县二郎坡村出土，酒已喝干
酒器尚在，我看见新的光线
源源不断地倒进去，我看见络绎不绝的人
日复一日地饮下去

为了这些流水般的光芒，多少人在梦中
大步流星地走着，不回头，不低头
看见黄河，都不死心。

6

陪黄河去永和，看一下
心底的乾坤
究竟有多大，秋天的河水

缓缓流动着，一个孩子
站在窑洞顶上看日出，他看见了天下永和
四个字，就像看见春夏秋冬一样
自然，良善，充满力量。

在伏羲画下八卦图的地方，望海寺
在一个小山包上
看见黄河，像一个小沙弥。

7

黄河水也有酿成酒的时候，允许我
对着壶口
狂饮一番，凡美好之物都懂得与光同行……

有多少水，流着流着，就流成了瀑布
那一年，我第一次来到吉县，就以心相许。
我安安静静地坐着
十万粒沙，围在我的身旁。
我们一起看着那些金色的水狮子

想牵一只出来
想牵一群出来……

8

想起一个叫大禹的人。
想做他的妻子
为等待一个人化为了石头。

那是在河津，在禹门口
我像涂山氏一样，望着流水
唱道：候人兮猗。

9

一个人登鹳雀楼，私会唐朝的王之涣。
不远处
普救寺用钟声挽留着黄河
而我不再挽留
那一年，我已去过

一条大河要去的地方……
我还不能
与它同行，我只是一朵出家的浪花
借命运的楼梯
看了高处，还想看看低处……

为一只旧表而作

我从来没有

真的拥有过时间

我一直欠债而活

这一只旧腕表

仿佛一张落满灰尘的借条

反复提醒我：是时候了

要把借来的时间

还回去，就像把桑田还给沧海

把白纸还给黑字

我感觉那些债主

一直堵在我的明天

让我不得不低下头来

想一想

明天，我该在哪儿

为左脚争分

为右脚夺秒

早上醒来

母亲将米粥和芹菜端上餐桌
她并不知道，我为什么
将一张世界地图印在了镶着花边的桌布上
她也不知道
我为什么教一只鹦鹉
反复说：世界——

其实，我的生活
就是这么简单：有窗口涌入的光线
有碗里冒着的热气

有全世界
也用不完的热爱

这些春天的草

这些春天的草
就像我们心上
那些酒水都烧不尽浇不灭的小念头
风一吹
就又生了出来

整个春天，我站在三月的滹沱河边
像一个扶耧播草者
像一个意欲灭草者

又一次走在这条林中小路上

如果继续往前走

会遇到 1950 年的海德格尔

会为他黑森林般的表情着迷

会停下来

置身于诗人何为的碎荫里

听听鸟鸣

再往前走

我就会迎面遇到往日的自己

成群结队返回来

我会再次停下来

与她们一一握手

并急切地询问：

"前面有没有分岔的小径?"

饲虎者

我把每一个词都当成了老虎
每一天
我都像一个饲养老虎的人
心怀忐忑，又满怀热忱
写下，删掉
删掉，再写下
有左右两条路
让我为难——
我既想把它们还归林中
又想将它们挽留笼中
我知道，我的矛盾
我的焦虑
最终会让我成为一只老虎
成为一只笼子

谁的眼睛不会流泪

想借浪花做我的眼睛
把流出的泪
叫大海

想借星辰做我的眼睛
把流出的泪叫天空
又想借蒲公英做我的眼睛

流出的泪
会成为种子
生养出一群会飞翔的孩子

有时我会驻足一间花店

朋友开了一间花店
地板上
墙壁上
都开满了花朵，我每次进去
都看见她在安静地插花
那些花
有的会赶去为一个孩子的出生祝福
有的，会忙着去为别人的婚礼贺喜
也有一些
比如白色的黄色的菊花
将出现在一个人的葬礼上

当我遇到有人
将花朵比喻为眼前的生活
会马上纠正——
"那是一个人不由自主绽放的一生"

五行，阳台偶得

仔细听
似乎花朵也有笑声
那花瓣一颤一颤的
恰似一朵花
正为梦中的事物陶醉

两茎灯草

深夜，读到严监生临终一刻

对着两茎灯草

伸出两根手指

又久久不肯放下

我竟生出恻隐之心

这世上

还有谁

会为保存一些光芒而坚持活着

某个春天的上午

三寸高的青草
正从祖父的坟头长出来
仿佛童年的记忆
生了芽
嫩绿嫩绿的

我反复告诉自己
千万不敢去触碰它们
有些东西
一碰就断
而有些疼，特别像钻木取火

蝶恋花

独自坐在公园里读书，一只宽边黄蝴蝶
突然落在敞开的页面上
我有点惊讶，诗人里尔克刚好在那儿
写到了玫瑰

他写道："明晰的幸福
无人得以解读"
而这双微微颤动的翅膀
仿佛天然的释文
正好遮住了那两行黑色的文字

在山西观月不语

他们说，唐朝的月亮是李白的。
我信。
他们说阿根廷的月亮
是博尔赫斯的，我信。

但我不发一言。
我的月亮
正在汽车的后视镜里

向我示意
让我捎它一程。

我和母亲

整整一个下午，我坐在阳台上
看天

天快黑了
扭回头来，我看见母亲
正坐在客厅的沙发上
看我
一对母女
一定都看见了自己
想要看到的东西

我的年轻：她遗落在过去的
天空的天真：我不肯舍弃的

处处闻啼鸟

弗罗斯特说，所谓诗歌
就是翻译中漏掉的部分，歌德却早在他之前
就将这句话翻了个底朝天
他说，诗歌是翻译中能够保存下来的东西

我浪费了一个春天
听一只又一只鸟在枝头鸣叫

我知道它们
是在用另一种语言写诗

我坐在窗前用母语翻译了下来——
我一定漏掉了什么
我一定保存下了什么

一个偶然得来的比喻句

这么多年
我们一直爱着
就像两只白色的暮归之羊
让渐渐暗下来的尘世
忽然又明亮了
明亮了许多……

春天，一只蜜蜂向我飞来

我赶紧蹲下身子，在粗放的田野上
两手抱在胸前……

这只蜜蜂想必看见了
我的内心
正开着花

它不懂
一只蝴蝶对花的留恋
不懂，我化蝶的念头有多深

雪后祈祷文

下雪了
出门堆一个雪人
唤它：上邪
给它一双比雪更亮的眼睛
让它看一看
我就是这么一个懦弱之辈
我永远不能
像它一样
遇到温暖的怀抱
就融化其中

对方正在通话中

给一个久未联系的朋友
打电话
语音一直提示
——对方正在通话中……

后来，电话通了
对方问：你是谁？

我一愣
这正是我
用一生想要回答的问题

水边的雅歌

我把自己的影子
投入水中。

最令我欣慰的
不是三月的春风
正把一河春水送往大海

而是我的影子
即将成为
大海的一部分。

去海云台

大海的一生
只穿一件蓝色的丝绸礼服

破了，就用岛屿和暗礁
去补，偶尔也会用星辰

这一次，我别出心裁
让它用了白云……

在故乡

一座庙，建了毁，毁了建……
奶奶说，那就像一卷经书

破了，誊写
再破，再誊写

我一只脚跨进庙门，另一只脚
还在红尘，我得想想

我要祈祷的，省略两万句
依然有，不可省略的……

白云赋

愿白云从此有主，姓张，名琳
一个人
在泰山上遇云，发了一会儿呆

唉，我怎么能与杜甫比呀
我看见的山峰

都比我高，我邂逅的野草
比我的野心多得多……

除了白云，谁能终老山水
除了我
谁又能傻到放着天空不要

偏偏选了
几朵白云

赠李白

我，三十岁，籍贯尘世
要去的地方，未知

前路迢遥，你走了一千年
还没有走完

我再走一万年
也不会走完，想到这儿

竟悲从中来
镜中，梦中

我们是不是
一直都活在里面？

看一部古装剧

他们砍掉了他的双手
又砍掉了他的双脚

他们挖去了他的双眼
又在他的耳朵里灌满沙子

他们留下了他的嘴
逼他说出

事情的真相，他们杀了他
用他的皮

蒙了一面鼓
隔了一千多年

我终于听到了
拘禁在鼓中的声音

我从阅读中抬起头来

父亲从外面钓鱼回来
把几尾小鱼
放入盛满自来水的铝盆

有一条鱼
蹦了出来
小小的身子反复拍打着地板

那么用力
像刚刚打开的灯
抵抗着深深的暮色

在某个夜晚散步

我向一片星空下的林子走去。
一共走了一百步
我嗅足了草木的气息
然后往回返，竟然走了一百二十步。

为什么，会多了二十步？
替一棵松树走了十步？
替一株叫不出名字的草，走了十步？

坐在客厅里，我点燃蜡烛
款待着
这两个不速之客。

直到夜深，直到熄灯
我与它们
还在黑暗中
互相摸索着对方的身体。

镜　中

开始出现一座山
山上有座庙，我做了片刻住持

接着出现一条河，河上有座桥
我在桥上站了片刻

后来，有一个人
跋山涉水而来
我认出她
是我的影子

我轻轻唤她
尘世上传来凹凸不平的回声
——我在这儿，我在这儿……
——我在那儿，我在那儿……

在博物馆

有人走到一个陶罐前
俯瞰古朴的花纹
有人围着一只青铜鼎，读出上面的铭文

也有人，在锈迹斑斑的弓弩旁
着迷于射猎的场面
而我

独自走向一面铜镜
我总是不放过
任何一次看清自己的机会

画 梅

朋友喜欢画梅，在他的书房
挂满了他画下的各种梅花图
但我深知梅花
在他的笔下远未出生。

有一次，他请我喝印尼咖啡，我对他说
这猫屎咖啡
需要咖啡豆在麝香猫的体内重生一次。

而他的梅花
从未进入他的身体。

庚子帖

1

一座峭壁

也需要面壁。

一滴泪水，还需要流泪。

整个春天，我借来一座深山

却还需诘问：可否栖身，可否栖心？

谭盾说："它是一座声音的纪念碑。"

我听见漫山草木

不只是在诵读《春秋》

也诵《地藏经》。

拿身来！

活到三十挂零，我尚不知身在何处

拿心来！

我总是有点心不在焉……

这生活的晦涩

已足够我注释一生。

有时候，我绝不是为了

在生活里另辟蹊径

才登高望远。

流水有流水的去向

一个人投石

已不能问路。

夏日，我躺在天涯山上

反复触摸一块化石的纹理——

那也许正是我的梦中往事

也许，又是我的

千年身后事……

蓦然抬头，一只鸟

正用力将一座山峰带往高处

那正是我

来到此处的意义……

2

钟声的奥妙

永远在钟声里。

迎面走来昨日、今日、明日

我有点恍惚。

我已不再细问：我是谁？

暮晚下山

小径上，我侧身

为一万道霞光让路

它们正伸出千万只手

拯救落日……

羡慕那些活在庙里的佛啊
守着一个空字
就阅尽了人世沧桑。

3

一面镜子做的河
还不懂得荡漾。
我俯下身子
掬了一捧，我看见自己
正现身于举到半空的水中。
一个人
被自己举在手中，意欲何为？
我赶紧将水放回湖中
不是放生自己
而是为了流水这面破镜
可以重圆。
泰勒斯说：水生万物，万物复归于水。
我用树枝拨弄着
滹沱河的水面
那里有涟漪正在出生。
而我有一刻
就活在那一圈一圈的涟漪中
不断靠岸。
我似乎忘了春天

有花开过

我已把它们都命名为"我"。

谁听见了一滴水

会喊渴——

我在秋风中取出随身带着的圆镜

对着水面

上善之水啊，请欠身

看一看

你是谁？

4

端着相机，对准一截枯木——

为什么，偏偏是它

没有逢春？

被摄下的一片枫叶

像一只胆怯的手

忽然伸到我的面前。

多么羞愧

——我还身无一物

可以相赠。下一次

我要带一把古琴来

坐在林中

我要弹一曲《广陵散》

给书中的嵇康听

有些东西

永远不会失传。

5

芳草已经活成了良药。

最好的结局

就是让绝症患上绝症。

夜深人静，我仔细端详一群星辰

不是它们

走下天空

就是我，飞身前往。

而梦

就像擦了又擦的镜子

无尘

无垢……

适合做我的居室。

我想在梦里醒着

看一眼自己：你呀

快学庄周

鼓盆而歌……

雪花披着白衣

像一群从天而降的护士。

愿你在清晨看见时光的脸

愿你在清晨

读到我的诗

愿我的诗

像一碗冒着热气的米汤

诱惑着你

低下头来

愿你在低头的瞬间

从一碗米汤的清净中

看到时光

那张浮出水面的脸

在一无所有的空中画上翅膀

一直画下去
直到群山都长出翅膀
直到每一棵草
都成了天使
一直画下去
直到大地动了恻隐之心
让地狱也懂得了飞翔

再画下去
让受够光阴之苦的沙漏
不再向下流

让所有逝去的事物
都变成灯笼
挂在天空上

一定是

我一定是个空心人
才会如此地不安
不停地，把山河故人柴米油盐
统统都放在心上。
我一定是个无心人
才会如此地贪心
借了一颗明月之心
不够，又借了草木之心群星之心。
然而，我一定是个有心人
才会如此地心慌
咫尺之内的哭声
千里之外的地震
万里之遥的炮火
都足以让我化为一只奔豚……

星空下

和阿多尼斯不一样
我的孤独，不是一座花园

星空下……
我的孤独，就像小小的地球
一边公转
一边自转

一边，是太阳的圆脸
一边，是月亮的
半张脸……

我的孤独，正如伊丽莎白·毕肖普所说
永远恒常如新
无论白天
还是黑夜，无穷的光芒
已将它洗得干干净净

秋风中

雾散了，我看了一眼
站在前进西街尽头的云中山

——那么近
仿佛被秋风推了一把
掉进了我庸常的生活
我朝着它
快走了几步，似乎要将它扶回原位

云中山
后退了几步，似乎害怕
我将它往尘世拉得更深

洪山禅寺

木鱼声向东，诵经声向西。
我在众多香客中
努力辨认着昨日之我、今日之我与明日之我。

我承认
我不是那个心如止水的年老居士
也不是那个心乱如麻的年轻忏悔者。

我只是写了一封字迹潦草的信
请柳毅君
送给头顶的一片浮云。

对杜牧说

感谢你
写了一首好诗。
一千年了，还有人念念不忘。

替那个牧童向你致歉
童言无忌
偏偏他什么也不说

只是遥指——
谁都知道，遥，不可及
可你偏偏喜欢

遥遥相望，愣是从唐朝走到了现在。
杏花是落了
不过，酒还在缸里

家，还在那首诗里。
我们合个影吧
笑一笑
走成了一尊雕像，也是幸事。

一所废弃的院落里开着小花

门上无锁，墙上有苔藓。
一盘石磨
已经停住了脚步。

是，有些美
就是这样来到眼中
是，有些东西岁月也不会带走。

它们会突然来到
邂逅者的心上
久久地
布下花香，仿佛有布道者
一直在看不见的高处
眷顾着尘世。

珍重，岁月

有时候

有泪不流，是一种祈祷

有时候，有话不说，是一种祝福。

浊漳河，慢慢地流

绿蚂蚱，慢慢地唱。

该留下的

总是要留下，该守着的

总会有人替我们好好守着。

老人

孩子

妇女

道声珍重，岁月不会遗忘

每一个挂着阳光的窗口

那是时光

在守着

人间广为流传的美德。

夜宿西塘

夜宿临水客栈
仿佛不是为了入梦
而是从此醒来……

尘世间
能被照亮的事物
越多越好
一轮宣纸上的月亮
被装裱在江南的雕花窗棂上

我蹑足迎了上去
人这一生
需要与美同行
需要像相遇在西塘的九条河一样

往生活里
悄悄添加数以亿计的浪花

在西塘，我说水……

怎么流，也不是逝者
怎么流，也不是来者

我认识的西塘之水
非善，非恶
只是，随便看一眼

就看见了无数的逝者
无数的来者
像可以忽略不计的涟漪

看见善恶
在隔河相望，而石桥古拙
像写在水面上的《道德经》手稿

山水课

独自开车返乡，依稀认出我童年的山水

那些草，依然有一副童颜

那些水花，依然有一颗童心

那些蝴蝶的翅膀上

依然有我一生无法抵达的轻盈时光

坐在半山腰，挥之不去的乡愁

就是那些高出来的山峰，就是那些低下去的流水

如果不是它们，我的目光将无处可攀无处可落

从此刻的滹沱河里，取一滴水

从此刻的崞山上面，取一朵云

我真想住在里面

我的理想并不大

以山为骨，以水为魂

以云，为禅心

搭一间茅棚，种半亩白菜，再加半亩萝卜

过着一清二白的日子

让爱人做山，我做水

天黑了，让月亮停在我们的头顶

像一盏几十瓦的节能灯

我们悄悄地

从里面取出想要的光芒

静静地

把自己想要的生活照亮……

有一朵云路过邻居家的果园

樱桃树的小口
似乎要说什么，却欲言又止

……等等，让我猜猜
它没有说出的

一定是生活的真相……
在果园的上空

一朵云
恰好踏过我的头顶

我没有觉得沉重
反而感到了前所未有的轻盈……

跟着滹沱河走了一个上午

流水走得太快
我紧赶慢赶还是落在了后面。

秋天的叶子正簌簌落着，仿佛另一条河流
刚刚离开上游

我决意停下来
做一朵后浪

我已经懂了一条河的来意
我把它命名为：希望。

它经过祖母的村庄，流向天边
我接着还要把天边命名为远方……

田野上的一株牵牛花

一块残缺的墓碑
站在荒草中，上面的文字
已经模糊不清
我蹲在草丛中
辨认了很久
依然一无所获。

离开的时候，我回头望了一下
蓦然看见一株牵牛花
正爬在碑石上
似乎，那些没有被我认出的汉字
已经在岁月中
开出了紫色的花朵……

感谢孟东野

朋友取出一件祖传的唐三彩陶器
让我看。

很美、很庄重的色调——
黄的像土，绿的像叶子，白的像梨花。

我拿出孟东野诗句中的六个字
——寸草心，三春晖。

都是唐朝的遗物啊
一千多年了，依然没有苍老。

"可我的母亲不在了"
朋友喃喃自语，"稀世的唐三彩

比不上朴素的六个汉字。"
他低下头

像一匹来自唐朝的陶马
望着深深的黄土。

夜读阿赫玛托娃

一个人，在夜里
独拥一盏莲花形台灯
静读阿赫玛托娃

写于 1919 年的诗篇：
"我问过布谷鸟，
我能活多少年……"

这样的诗句，冷不丁将我置于旷野
之中，俄罗斯的风雪
裹挟着钟声，仿佛伏尔加河陪着黄河

汹涌而来……
将近百年了，她的额头
依然温热，紧贴我的心房。

她活过的日子
我未必再重活一遍
她想要的生活
我却仍需在她的诗中祈祷！

秀山沙滩的谜题

我想问，这里有多少粒沙子
吽唬
三礁
九子

加起来，是一道数学题。
潮来，潮去
反复擦拭着错误的答案。

——不是这里的沙子
太多了
而是，人来人往
一不小心
就带走了其中的一粒

一不小心
就成了其中的一粒。

花开的念头

那时候
我们一见钟情，春天刚刚开始

我们还没有去过西湖
只能想象着断桥、雷峰塔……

别人的传说，我们不想接着说
我们把头埋在春光里

不想出来，你用眼中的柳丝
轻拂我心头的湖水。

四下无人
天堂瞬间建成

青草一路远去
将花开的念头铺到了天边。

火车在晚上经过外省

我记得有好几次
晚上乘火车经过外省

黑暗中，灯光一再被送进车窗
像一张祖传的药方

善意地，想治愈我眼中的孤独
这些外省的灯火

素昧平生，却又肝胆相照。
它们在火车经过的一瞬

飞快地
来到我的眼中

来到我的心上，其实我很想知道
它们的主人是谁。

在晋北的小城

我常常沿着人行道
一个人散步。

倘若遇上流星
我就停下来
默默地致意，仿佛在感谢
一个久违的故人
带来了天堂的消息。

倘若在雨后，看见积水中
藏着一个天空
我会暗暗地惊喜

——辽阔
竟会容身于咫尺之间
一个人
活在大地上，竟可以俯视天空。

三个月前的某个清晨

我独自开车
走了十余里，停在一条河边。
当我低下头来
滹沱河水里
正倒映着沿岸的草木。

——这些草非草
——这些木非木
——这些如鱼得水的非鱼非水

我轻易就看见了它们
却又永远无法看清它们。
河水南流
虫鸟齐鸣
那一刻
我仿佛坐在诵经声里
凝视着附近林中
那条一分为二的林中路
左边的路牌上
写着繁体的"难"字
右边的路牌上写着简体的"难"字。

我觉得有两个"我"

分身而去。

我爱过的事物少之又少

容貌甚陋的刘伶
朝着身后说："死便埋我"。
他果真长了一颗竹子的心。
秋霜临近人间
一个少女曾趴在南墙根的老井沿上
观察湿润的苍苔布满井壁。
屈指算来
我爱过的事物少之又少。
十五岁的时候
我爬上最近的山峰去认识悬崖。
远方的远
我从未想过
占为己有，还是让它留在远处吧。
偶尔会有一滴泪
由鼻尖滑落，像瀑布
从悬崖纵身一跃
会让内心莫名地悸动一下。
就像上次
在土圣寺的灵牙塔下
当年迈的钟声
突然从半山腰下来

我像一只惊呆的蝴蝶
暂时忘了飞行
四周一片寂静
唯有光线
飞来飞去。

戊戌五月初八夜记梦

夏至日，梦东坡居士，遂记之。

——题记

1

我的三生，明月算一生，大海算一生，山峰算一生。

用一生，偏爱辽阔这个词。

用一生，偏爱高绝这个词。

用一生，偏爱虚无这个词。

不成仁，便成人。

我会梳妆，会饮食，会寻隐，会做梦，会孤独，会喊疼，
　　会无药可救。

会爱上一个人。

苏轼，不算。

子瞻，不算。

和仲，不算。

苏东坡，算一个。

2

从眉山算起，就要算上岷江的浪花，算上成都平原的落日。

入三苏祠，需要步量的，不是原来的五亩庭院，也不是现
  在的一百亩园林。

我要看看时间的云烟，能不能成为天空的一部分，能不能，
  成为人心的一部分。

看见了，苏洵和苏轼、苏辙父子三人还活在祠堂内。

看见了，车有轼，扶轼而立的人，是谁？

看见了，车有辙，俯首察看车辙的人，又是谁？

永远有去者，永远有来者。

苏东坡，算一个；我，算一个。

要不要，把绿水算进去，把翠竹算进去？

要不，把花开和花落也算进去。

那些碑刻，那些拓片，跟着光线看过去，入石三分，力透
  纸背。

释然，兼释怀。

请明月，登堂入室；请清风，解释一下，何为无尘，何为
  无垢？

3

拥衾读《寒食帖》，读到 45 岁的苏东坡。

起伏跌宕的苏东坡，痛快淋漓的苏东坡。

136 |

字如其人，其大小、其疏密、其轻重、其宽窄……无须察言，
　　无须观色，只观其心上的世界，就如同一幅上乘行书。

我可以趁此机会读出来：气象万千。

然而，我为什么突然失声，却找不到哭声？

空庖、寒菜、破灶、湿苇、穷途、死灰……这些词语，仿
　　佛苦雨，一阵紧似一阵。

仁兄，回头看，只有一只寒鸟，拣尽寒枝不肯栖。

幸好有一片东坡之地，可以种麦，可以饲牛，可以立命，
　　可以养心……

有山水，有渔樵，有酒……可以醉己……

有米芾、陈季常……可以知己……

仁兄，有空了，回祠堂坐坐。

让烟火，犹如过往，浮在心头。

4

眉山，值得你出生。

江水、佛塔、桫椤树、七步莲……都是你生而为人的理由。

我寄身于瓦屋山，看鸽子花怎么化为皑皑白雪。

一朵雪花上，只能放下另一朵雪花。

一粒红尘，都容不下。

像你，又不像你。

眉山苏轼，可以化为杭州苏轼、颍州苏轼、徐州苏轼、湖
　　州苏轼、扬州苏轼、黄州苏轼、惠州苏轼、儋州苏
　　轼……

死时，你是常州苏轼。

哪一个，才是墨竹、怪石、枯木？

哪一个，才是三苏祠里的这尊雕像？

铁冠，美髯，宽袍，大袖。我没有迎着你的目光，而是听
　你的心声，像钟表的"滴答"声，知生，也知死。

5

老峨山，我将它看成峨眉山的妹妹。

金顶，舍身崖，九老洞，万年寺，伏鹤寺，一线天……苏
　兄，我们邀约法印禅师，一起坐在尘世的险处、高处、
　静处。

如果我说：法印酷似法印，东坡酷似东坡，我酷似我，苏
　兄怎么看？

如果我说：茶香酷似心香，过往的浮云怎么看？

我们只看一个字：淡。

一生，能不能看清？

三生有信，那一封信，寄信人是自己，收信人是自己。

我们只是为了收藏一个信戳。

那信戳，是圆的，是满的。

不猜了，我说的就是月亮。

此刻，它悬在窗外，没有谁可以将它放下来。

每个人，只能放下身外之物。

明月，在心上。

6

我们一起到柳江古镇的石板长街散步吧。

人群里，有苏洵、苏轼、苏辙，有程夫人、任采莲、苏八
娘、王弗、王闰之、王朝云、史夫人，有苏家六公
子……

再短的街，都可以走上一生。

一粒土，也可以叫三苏祠、三苏坟。

我们不看烟雨，不谈沧桑。

在一棵黄葛古树下，我们目送溪水缓缓流去，像那些爱，
像那些恨，像那些短叹，像那些长歌……

"酒斟时，须满十分。"借着十分酒意，我们说出诗的秘
密：平淡、真淳、无言、有境……

人生与诗，只是一滴水的两种叫法。

不著一字，尽得风流。东坡兄，生死不就是这样吗?

你不在的时候，我一个人散步。

走着，走着，我就会遇见自己。

你不认识她，如同我对你的一知半解。

7

大江一直东去。

蝴蝶一直恋花。

先生，我们看一眼千里明月。你饱读过的尘世，我依然在

浅尝。

我把你的诗文，读过一遍了。

那不是因你而生的文字，说到底，你才是因那些文字而生。

公元 1102 年，苏过将你葬在汝州郏城县。过了 10 年，苏
　辙也来了。又过了 38 年，苏洵也从眉州赶来了。

背嵩阳，面汝水。

三座墓冢，一定还有遗言留在人间。

时光一直想读懂它们。

那里的几百棵古柏，转述不清。

广庆寺的梵音，也翻译不清。

我试着把酒，再问青天：今夕是何年？

先生："几时归去，作个闲人？"

我为你准备好：一张琴，一壶酒，一溪云。

我们既然必须要唱，就唱千古绝唱。

图书在版编目（ＣＩＰ）数据

万物宁静 / 张琳著. -- 武汉：长江文艺出版社，
2021.9
　（第 37 届青春诗会诗丛）
　ISBN 978-7-5702-2269-8

　Ⅰ.①万… Ⅱ.①张… Ⅲ.①诗集－中国－当代
Ⅳ.①I227

　中国版本图书馆 CIP 数据核字(2021)第 127035 号

万物宁静
WANWU NINGJING

特约编辑：聂　权

责任编辑：胡　璇　　　　　　　　责任校对：毛　娟

封面设计：璞　间　　　　　　　　责任印制：邱　莉　　王光兴

出版：长江出版传媒 ｜ 长江文艺出版社

地址：武汉市雄楚大街 268 号　　　　邮编：430070

发行：长江文艺出版社

http://www.cjlap.com

印刷：中印南方印刷有限公司

开本：850 毫米×1168 毫米　　　1/32　　印张：4.75　　插页：4 页

版次：2021 年 9 月第 1 版　　　　2021 年 9 月第 1 次印刷

行数：3132 行

定价：46.00 元
